Massacre aux petits oignons

Michel Piquemal

Massacre aux petits oignons

Illustrations de
Nathalie Louveau

Collection dirigée par
Régis Delpeuch

SEDRAP Jeunesse

Michel Piquemal vit à Béziers où il est né en 1954. De ses rêves d'enfance – être écrivain et instituteur – il a réalisé l'un et l'autre... Mais aujourd'hui, c'est à l'écriture qu'il consacre la majeure partie de son énergie. Tour à tour parolier, scénariste, scénariste BD, collaborateur aux revues pour enfants et auteur de livres pour la jeunesse...

Il dirige la collection « Carnets de sagesse » aux Éditions Albin Michel et a publié : *Le Jobard* (Milan), *Le Pionnier du Nouveau Monde* (Milan), *Histoires d'Indiens* (Sedrap), *La Petite Panthère* (Nathan), *Bébé Dauphin et le Requin* (Nathan), *Les Deux Oursons* (Nathan), *Un chaton dans la souricière* (Syros), *L'Appel du miaou-miaou* (Nathan), *Paroles indiennes* (Albin Michel), *Le Cheval de Léonard de Vinci* (Épigones), *Les Petites Mains* (Épigones), *Enquête à la colo* (Épigones), *Plumes de neige* (Casterman), *Le Grand Livre de tous les méchants* (Milan), *Léon polisson / Léon gourmand* (Sedrap)...

Nathalie Louveau

Un jour, je suis née.

Et puis un jour j'ai pris un crayon pour dessiner un Mickey. Mes parents étaient très fiers alors j'ai fait des études scientifiques(!). Mais les profs, lassés d'être constamment caricaturés, m'ont plutôt conseillée... d'aller voir ailleurs.

C'est comme ça que je me suis retrouvée à la fameuse école d'illustration « Émile Cohl » à Lyon. Mon diplôme d'arts graphiques en poche, je suis partie au pays de Mickey pour être portraitiste caricaturiste.

De retour en France et quelques dizaines de pots de peinture plus loin (dont ma plus belle œuvre d'art : ma fille!), j'expose mes toiles et j'édite à compte d'auteur des histoires à colorier avec *Paulette la vachette* et *Léon le cochon*.

Après les *J'apprends à écrire 1 et 2* et *Créer en couleurs* avec les Éditions SEDRAP, *Massacre aux petits oignons* est ma troisième collaboration.

1

Max adore la brocante. Il a, comme dit son oncle, « la broc dans la peau ». Une vraie passion pour les vieux trucs, les machins déglingués, les objets poussiéreux. Il faut dire qu'il est à bonne école. Depuis qu'il a cinq ou six ans, son oncle, qu'il appelle Tonton Igor, l'emmène aux puces de Saint-Ouen où il possède un petit stand.

Au début, il l'avait pris avec lui pour dépanner ses parents qui ne savaient pas trop quoi faire de Max le mercredi.

– Qu'il vienne avec moi aux puces ! avait-il proposé. Ce sera toujours mieux que de passer la journée devant la télé.

Les premiers temps, Max avait un peu râlé. Car après tout, il aimait bien ça, passer la journée devant la télé. Puis il avait fini par se passionner pour ce drôle de boulot. On ne s'y ennuie jamais. Il y a toujours une caisse de vieux bouquins à ranger, un meuble à décaper, des cuivres à lustrer… Et quand Tonton Igor débarrasse un vieux grenier, c'est tout un lot d'objets bizarres qui arrive dans sa camionnette. Il faut les répertorier,

les classer, les nettoyer. Et sans cesse Max demande :

– Et ce bidule, à quoi ça sert ?... Dis Tonton, c'est quoi ce truc ?... Et ça, ça vaut cher ?

C'est un peu comme une chasse au trésor. Car de temps en temps, au milieu de tout un tas de choses sans valeur, Tonton Igor déniche un vieux tableau signé ou un vase de Gallé, ou encore une chaise Art Nouveau.

– Et ça, lui dit son oncle, ça vaut un tas de pépètes.

Pour fêter l'évènement, ils vont alors boire un lait-fraise au café du coin.

Tonton Igor fait à Max une confiance absolue. Souvent, le mercredi après-midi, il part jouer aux cartes avec ses copains, sur un stand voisin. Il laisse sans problème tout l'étalage sous sa responsabilité.

– Les prix sont marqués sur les étiquettes… Mais à toi de négocier ! Si tu vois que le client est accroché, tu peux baisser de 10 %… mais pas plus.

Max adore la vente. Il connaît déjà le prix de plein d'objets par cœur.

2

Aujourd'hui, c'est plutôt calme. Dès qu'ils ont fini leur sandwich, Tonton Igor s'en va donc taper sa belote. Max reste tout seul mais il n'a pas le temps de s'ennuyer. Hier, un autre brocanteur, qui ne fait que le mobilier Empire, leur a revendu une caisse de vieux bouquins. Igor a juste eu le temps de marquer les prix. Max doit les dépoussiérer pour les mettre sur les étagères. Ce sont de très vieux livres recouverts de cuir, avec du papier jauni. Certains même sont datés MCCM en chiffres romains, ce qui veut dire qu'ils sont vieux de plus de deux siècles.

Max adore les vieux bouquins. Il les feuillette. Il regarde les gravures anciennes. Et cette fois, il est gâté. Sur l'un d'eux, à la première page, il découvre un beau blason de chevalerie. Il attrape du papier-calque et s'amuse à reproduire ce drôle de motif. Au centre, il y a une tête de cerf – ce que Tonton appelle savamment un massacre – entourée de plein de petits oignons. Le tout donne un dessin plutôt comique ! Max se répète dans sa tête : *un massacre aux petits oignons !*

Mais il a tout juste le temps de finir son calque. Un client vient de s'approcher de l'étalage pour fouiller dans les caisses de bouquins. Ce vieil homme a tout l'air d'un bibliophile. La façon dont il tâte le cuir, renifle le papier, observe attentivement les dates d'impression et les caractères d'imprimerie indique le spécialiste. D'un geste curieux, il attrape le livre des mains de Max.

– Tiens, une édition XVIIe du Télémaque de Fénelon !

Il regarde le prix qui est assez élevé. Mais Max sait d'expérience que ce genre de bibliophile ne marchande guère. Si quelque chose leur plaît, et c'est plutôt rare, ils paient rubis sur ongle.

Max fait un peu l'article :

– C'est un très beau spécimen. Il est en parfait état de conservation.

Le vieil homme sourit. Max en rajoute, dans un langage savant :

– Et puis, vous avez vu le blason en ex-libris ?

Le bibliophile ouvre la page de garde :

– Oui c'est un blason fort curieux. Sans doute celui d'une très vieille famille de la région qui a malheureusement dispersé sa bibliothèque.

Deux autres clients qui eux aussi ont l'air intéressés par le livre se sont approchés. Mais le vieux monsieur a déjà sorti les billets et Max encaisse avec un sourire de satisfaction.

Les deux bonshommes, un grand moustachu et un petit gros aux yeux de crapaud, ont pourtant le culot d'insister :

– Vous permettez ?
Le moustachu s'empare de l'ouvrage pour le feuilleter. Il s'attarde, lui aussi, sur le « massacre aux petits oignons » de la première page, d'une drôle de main à laquelle il manque deux doigts.
Puis il se tourne vers Max :
– Je vous en offre deux fois le prix.
Mais Max connaît la règle d'or de ce métier. Ce qui est vendu est vendu !
– Je suis désolé ! réplique-t-il. Ce livre ne m'appartient plus.
Le bibliophile récupère son bien et précise :
– Désolé pour moi aussi. Cet ouvrage n'est plus à vendre.
– Permettez-moi d'insister ! Je triple la mise, propose le moustachu.

Il oublie que les bibliophiles ne sont pas vraiment intéressés par l'argent. Ils ne sont sensibles qu'à la beauté d'une reliure ou la rareté d'un exemplaire.

« Quel manque de psychologie ! » se dit Max.

Et effectivement le moustachu se fait proprement remballer :

– L'affaire est close, monsieur. Je vous ai dit que cet ouvrage n'était pas à vendre !

Et le vieil homme s'éloigne, non sans avoir poliment levé son chapeau à l'intention de Max.

Les deux olibrius s'en repartent furieux en chuchotant à voix basse.

– T'as intérêt à réparer ta bourde ! marmonne l'homme aux doigts coupés à son collègue.

3

Lorsque Tonton Igor revient, Max lui raconte toute l'histoire.

– Tu es un chef ! le félicite Igor. Tu as agi en vrai professionnel. On ne revient jamais sur une vente. D'ailleurs, cet ouvrage ne valait pas plus. Je ne comprends pas pourquoi ces deux-là voulaient le payer si cher. Et il entraîne Max vers le bar pour fêter ça par un lait-fraise. Max mélange le breuvage, porte le verre à la bouche… mais il est à deux doigts de tout recracher par le nez. Le bibliophile vient d'entrer dans le bar. Il semble tout déboussolé. Il questionne le patron :

– Vous n'avez rien vu ? J'avais ma voiture garée juste devant votre établissement. On me l'a fracturée.

Max explique à son oncle de qui il s'agit. Dans un mouvement de sympathie, Igor s'approche :

– J'espère qu'on ne vous a rien volé. Mon neveu me dit que vous êtes passé tout à l'heure à la boutique.

– Justement ! Figurez-vous que j'y avais déposé votre exemplaire du Télémaque, le temps d'aller faire d'autres achats. Et on me l'a dérobé !

CHEZ LUCIEN PIGEOT

– C'est étrange ! Ce n'était tout de même pas un ouvrage de très grande valeur. Il n'y avait pas de quoi prendre un tel risque.
Le bibliophile est hors de lui :
– Ma portière est à moitié défoncée. Je vais en avoir pour une petite fortune. Tout ça pour un livre ! Vraiment, je ne comprends plus le monde !
Il lève son chapeau et repart, complètement démoralisé.
Igor essaie de lui remonter le moral :
– Passez à la boutique à l'occasion. J'essaierai de vous trouver de belles choses et je vous ferai de bons prix.
Mais le vieux bonhomme est trop désappointé pour répondre...

4

En retournant sur le stand, Max est tout excité.

– Dis donc, Tonton, pourquoi crois-tu que ce livre valait si cher ? Je suis sûr que ce sont les deux sales types qui sont allés le piquer au bibliophile. Ils l'ont suivi, ont attendu qu'il s'éloigne… et crac !

Mais son oncle est plus réservé :

– Minute, Papillon ! C'est peut-être simplement le fait du hasard. Des petits voyous ont fracturé la voiture croyant dénicher quelque chose de valeur. Ils n'ont rien trouvé dans le coffre et ont pris le bouquin.

Pourtant Max en est certain. Son intuition est la bonne. Le livre avait beaucoup plus de valeur qu'il n'y paraissait. Il oblige Tonton Igor à vérifier sa côte :

– À condition que tu te rappelles l'année !

– MDCCLXXXV… ce qui fait 1785 !

Tonton Igor feuillette le « Dalembert » qui est la Bible des bibliophiles. Mais il ne trouve rien de plus que le prix qu'il avait lui-même évalué.

C'est alors que Max se souvient du blason. Il montre à son oncle le calque qu'il en a fait :

OUAH
OUAH
WARF
ARF

– Possible que ce soit à cause de ça ! Le livre appartenait peut-être à quelqu'un de très célèbre, Napoléon ou Vercingétorix ! Mais comment faire pour savoir ?
– Tu as de la chance ! lui sourit son oncle. Les puces, c'est le paradis des spécialistes. Va rue des Rosiers, au stand C158, demande Germain de ma part. Il saura te renseigner. C'est un cador pour l'héraldique !
– Pour quoi ? demande Max en ouvrant des yeux ronds !
– L'héraldique, jeune homme ! C'est la science qui étudie les blasons. Mais, bon sang, qu'est-ce qu'on vous apprend à l'école ?

5

Tonton Igor aurait tout de même dû le prévenir. Le fameux Germain a vraiment une drôle de tête, une grosse, une très grosse tête. On dirait un alien. En plus de ça, il est chauve avec de grandes oreilles comme celles d'un lapin.
Max se dit qu'il aurait vraiment pu jouer un rôle dans la Guerre des Étoiles.

Il n'empêche que, question héraldique, Germain en connaît un rayon. Il observe attentivement le dessin, compulse cinq ou six gros bouquins, et au bout de trente secondes montre en main, il lui désigne le même dessin reproduit sur une page, au milieu de tout un tas d'autres blasons.

– Voilà ce que vous cherchez, jeune homme ! Il s'agit du blason de la famille De la Cèbe de Lézignan, dont le baron Eugène a apporté au XVe siècle une variété d'oignons nouvelle en Languedoc, d'où ce curieux blason !

– Et vous savez où ils habitent ?

– Alors là, jeune homme, j'aurai besoin de quelques minutes de plus !

Et il se relance dans la consultation de gros volumes poussiéreux. De temps à autre, Max essaie de jeter

un coup d'œil mais Germain lui fait de gros yeux, en remuant ses grandes oreilles. Max n'insiste pas.
Finalement, Germain arbore un petit sourire satisfait.
– J'ai ce que vous cherchez, Mister Sherlock Holmes en herbe. Le dernier descendant de la famille De la Cèbe, le baron Henri Charles, ne réside plus dans sa propriété du Languedoc. Il a acheté un manoir à dix kilomètres de Paris qu'il a baptisé « L'oignon fait ma force ».
Max ânonne quelques mercis, mercis beaucoup... et s'éloigne avant que ce drôle de bonhomme ne l'embarque dans son vaisseau spatial vers une autre galaxie.

6

Max a désormais une piste. Le soir même, il prend son courage à deux mains, cherche sur Internet le numéro de téléphone du baron et se lance dans l'aventure. C'est un majordome qui lui répond :

– Qu'y a-t-il pour votre service ?

– Je voudrais parler à Monsieur le Baron, bredouille Max.

Et sans trop se démonter, il explique au Baron De la Cèbe toute l'affaire. Celui-ci est un peu déçu :

– Dommage que vous ne m'ayez pas téléphoné plus tôt. Je vous aurais bien racheté ce livre. Il faisait partie de la bibliothèque de mon aïeul, raccourci en 1792. Cette bibliothèque, ainsi que tout le mobilier de mon château du Languedoc, m'a été dérobée le mois dernier. Par la grâce de Dieu, j'étais bien assuré. Mais ces ouvrages, qui n'ont pas une grande valeur pécuniaire, ont pour moi une extrême valeur sentimentale. Si le hasard vous remet sur la piste d'autres livres portant ce blason, n'hésitez pas à m'appeler.

Max le remercie et promet de ne pas l'oublier…

L'OIGNON
FAIT
MA FORCE
9

Ainsi donc, l'ouvrage faisait partie d'une bibliothèque volée il y a peu. Mais pourquoi diable cet acharnement ?
La question reste sans réponse. Max a bien l'impression d'être à bout de piste. Heureusement son oncle vient à la rescousse. Il passe à la maison avec sa camionnette :
– Suis-moi. On a rendez-vous avec Ivan le Terrible.
Et devant l'air inquiet de Max, il ajoute :
– T'affole pas ! On l'appelle comme ça parce qu'il est d'origine russe, mais il n'est pas si terrible que ça. C'est lui qui m'a revendu les bouquins. Il voudrait que tu lui décrives un peu les deux gars qui désiraient racheter le livre. Ivan est très physionomiste. Il se souvient bien du gugusse qui

est venu le lui proposer : un petit gros avec des yeux de batracien.

– C'est lui ! s'écrie Max.

Effectivement, une fois confronté à celui d'Ivan, le signalement semble identique. Ivan leur explique même comment les choses se sont passées :

– J'ai un peu hésité avant de le lui acheter. Car les bouquins, ce n'est pas vraiment mon rayon. Et puis ce gars-là ne me semblait pas net. Mais finalement, j'ai pensé que ça pouvait intéresser mon vieil ami Igor... Or, figure-toi qu'il y a deux jours, il est revenu avec un autre bonhomme pour me le reprendre. Je lui ai dit que je ne l'avais plus, que je l'avais revendu à un collègue des puces.

Tonton Igor est perplexe :

– Ce type-là serait donc venu revoler ce qu'il t'avait vendu et qui avait déjà été volé. Quel casse-tête ! Mais pourquoi donc, bon sang ! Ce bouquin n'a pourtant rien d'extraordinaire !
– Si, le coupe Max, le blason ! Je suis sûr que c'est à cause de ce blason.
Oncle Igor et Ivan discutent un moment puis en arrivent tous deux à la même conclusion :
– Ça, c'est une affaire pour La Fouine !
Max s'exclame :
– La Fouine, comme l'animal ?
– Oui, c'est le commissaire rattaché aux puces. C'est lui qui est chargé de vérifier que des marchandises volées n'atterrissent pas sur nos rayonnages. On l'appelle La Fouine parce qu'il est toujours à fouiner dans nos cartons et nos registres de police. Mais c'est

un bon gars. Il adore la broc autant que nous. Il est même collectionneur. Il se passionne pour les loupes de toutes les époques. Lorsqu'on en voit passer une, on la lui met de côté. Paraît même qu'il aurait dans sa collection celle de l'inspecteur Maigret !

7

Décidément, les puces, quel drôle de monde ! La plupart des gens qui y travaillent ont tous l'air d'originaux. Un peu comme s'ils sortaient d'un vieux film rigolo avec Bourvil et Louis De Funès.

Le commissaire La Fouine a la cinquantaine. Il porte une petite barbiche blanche et ressemble au Professeur Tournesol des albums de

Tintin. Mais il n'est pas aussi distrait que lui. Au contraire, tout ce qui entre par une de ses oreilles ne ressort pas par l'autre. C'est un vrai ordinateur !
Le soir-même, Max et Ivan lui donnent le signalement des deux hommes qui voulaient récupérer le livre au point d'aller le voler dans la voiture.
Dès qu'ils parlent de moustachu et de doigts coupés, La Fouine s'exclame :
– Tiens tiens, il semblerait que Francis La Pince a repris du service.
– La Pince ?
– Oui, La Pince, comme celle des crabes. On l'appelle ainsi à cause de ses deux doigts coupés. Paraîtrait qu'il se serait fait ça quand il était jeune en voulant sectionner à la pince coupante le câble antivol d'une mobylette. Une sirène de

police l'aurait affolé. Dans sa précipitation, il aurait coupé ses doigts au lieu du câble. C'est un multirécidiviste. Il est plusieurs fois « tombé » pour des cambriolages dans des châteaux ou des résidences secondaires. La dernière fois que La Pince s'est fait pincer, il cherchait à revendre à un antiquaire une statue de Vierge Noire qu'on avait dérobée le mois d'avant dans une église des Saintes-Maries. Pas très malin de sa part ! La statue était bien connue de tous les professionnels. L'antiquaire m'a tout de suite appelé et La Pince a fait six mois de cabane. Il a dû sortir au mois de mai. Visiblement, il a déjà repris le boulot. Mais d'ordinaire, il cherche à vendre ce qu'il a volé. Là, on dirait plutôt qu'il cherche à le racheter. Ce n'est pas tellement dans ses habitudes !

– Justement, l'interrompt Max, l'affaire de la Vierge Noire lui a peut-être servi de leçon. Je me souviens que, lorsqu'ils ont quitté le stand, il a dit à son collègue : « Tu as intérêt à réparer ta bourde ! »

La Fouine réfléchit quelques secondes :

– Dis donc, Igor, c'est de la graine de James Bond ton neveu. Tout cela semble tenir debout. Récapitulons ! Les deux olibrius cambriolent le château. Ils décident de ne rien vendre, le temps que les choses se tassent. Le gros globuleux ne respecte pas la règle et vend un bouquin avec le blason des De la Cèbe. La Pince l'apprend. Se souvenant de sa mésaventure de la Vierge

Noire et comprenant qu'une telle erreur risque de mettre la police sur leur piste, il décide de récupérer l'ouvrage au plus vite, avant même qu'il ne soit vendu. Ça paraît plausible !... Mais de là à le prouver, c'est plus coton. La Pince va nier être venu aux Puces. Il dira qu'on l'a confondu avec quelqu'un d'autre et nous fournira un alibi en béton... À moins que... À moins que...

Il se tourne vers l'oncle de Max :

– Igor, ton neveu serait-il d'accord pour nous donner un coup de main et repincer La Pince ?

– Il est devant toi. Demande-lui ! Moi, s'il n'y a aucun risque, je suis OK.

Max est rouge de bonheur. Il trépigne de joie. Le voilà au centre d'une enquête policière...

8

Le mercredi suivant, Max se retrouve à faire le guet en compagnie du commissaire dans une voiture banalisée, à l'angle de la rue Pigalle. La Fouine lui a tout expliqué. C'est là que La Pince a son quartier général, dans un café tenu par son frère. Dès qu'il sortira de l'établissement, Max devra appliquer le plan que le

commissaire lui a minutieusement expliqué pendant le trajet.
De longues minutes se passent. Puis soudain La Fouine murmure :
– Ça y est, le voilà ! À toi, petit !
Aussitôt, Max se précipite sur le trottoir, chaussé de patins à roulettes. Il zigzague entre les passants, fait mine de ne pas avoir vu La Pince puis freine brusquement à sa hauteur et perd l'équilibre pour l'éviter. Du grand art ! Digne des meilleurs cascadeurs !
La Pince lui tend sa main pour l'aider à se relever. Max fait semblant d'avoir un peu mal aux fesses. Puis il dévisage le malfrat d'un air étonné et se lance dans une tirade longuement répétée avec le commissaire :

CAFÉ CHEZ FREDO

– Alors ça, quelle coïncidence ! Vous vous souvenez de moi ? Les puces ? Le livre que vous vouliez acheter…

La Pince se contente d'un « mouais mouais » peu engageant. Visiblement, il n'a pas envie de parler de ça. Mais Max a un vrai talent de bateleur :

– Vous ne savez pas la meilleure ? Le type qui l'a acheté, on le lui a volé. La police a fait une enquête. Figurez-vous que c'était un livre très précieux qui avait déjà été volé…

La Pince fait mine de s'en aller :

– Mouais mouais, adieu petit. Je suis pressé.

Mais Max place sa botte secrète avec un sourire :

– Je suis sûr que vous étiez au courant !

La Pince s'énerve :
– Et de quoi, petit ?
– Que c'était un livre très rare. C'est pour ça que vous vouliez le racheter le triple du prix… puisqu'il en vaut mille fois plus.
Cette fois, La Pince semble intéressé :
– Comment ça, mille fois plus ?
– Ben oui, le Baron De la Cèbe a tout raconté à la police. Ce n'est pas n'importe quel livre. C'est celui qu'avait le roi Louis XVI dans sa prison, avant d'être guillotiné. Paraît-il qu'en page dix-sept, le roi y aurait marqué, en tout petits caractères, un testament secret pour son fils le dauphin.
Max est très fier de cette idée. C'est lui qui l'a eue après avoir écouté à l'école une leçon d'histoire sur la Révolution. Il en a parlé à La Fouine qui l'a

trouvée un peu abracadabrante mais a fini par dire « Après tout, pourquoi pas ? Cela peut marcher ! » Aussi Max raconte son bobard au malfrat avec un vrai talent de comédien :

– Le Baron De la Cèbe fait partie d'une organisation royaliste. Sa famille avait la garde du testament depuis le XVIIIe siècle. Mon oncle dit que des collectionneurs américains seraient prêts à payer des millions de dollars pour un tel papier, rédigé de la main même du roi de France.

La Pince paraît soudain très pressé :

– La police n'a rien dit de plus ?

– Non non, c'est tout !

Aussitôt, le malfrat file comme un dératé vers sa voiture garée sur le parking d'en face.

Dans le véhicule banalisé, le commissaire La Fouine se frotte les mains.

– Bravo, petit ! La Pince est tombé dans le panneau. Il n'y a désormais plus qu'à le suivre et cueillir l'oiseau au nid !

9

Max grimpe dans la voiture du commissaire et ils filent La Pince à distance. De toute façon, grâce au GPS que la police a discrètement installé sur la vieille Mercedes du malfrat, ils ne risquent pas de le perdre. Cependant pour plus de précautions, Max change de look dans le véhicule banalisé. Il chausse des lunettes de soleil et troque sa tenue de skater contre une impeccable chemise blanche. Il n'y a pourtant pas grand chance pour que La Pince le reconnaisse, sur le siège arrière au milieu des trois policiers. Le malfrat est si excité que pas une fois il ne se retourne pour jeter un coup d'œil dans le rétroviseur, même pas lorsqu'il quitte les grands axes pour s'engager sur une route départementale.

Le commissaire ne prend cependant pas le risque de le suivre. Il arrête sa voiture et se contente de continuer à localiser la Mercedes sur l'écran de son GPS.

Dix minutes plus tard, l'écran indique que la voiture du gangster s'est immobilisée.

Un rapide repérage et le véhicule de police retrouve sa trace. Le cœur de Max tape à 100 à l'heure. Il participe à une vraie filature, comme dans les films policiers.
Leur voiture s'avance doucement dans une allée bordée de grands arbres. La Mercedes est là, garée devant une vieille bicoque perdue dans la forêt. C'est ici, sans aucun doute, que La Pince a caché son butin… et grâce à la ruse de Max, le voilà pris au piège !
La Fouine et ses deux inspecteurs laissent Max dans le véhicule en lui recommandant de ne pas bouger. Et le plus discrètement possible, ils progressent vers la maison, revolver au poing.

Hélas, les dix minutes d'avance de La Pince lui ont laissé le temps de jeter un coup d'œil au fameux livre. Il a compris sans peine qu'il était tombé dans un piège. Et au moment où les policiers entrent dans la bicoque, Max aperçoit le bandit aux doigts coupés qui sort du couvert des arbres où il s'était caché quand il a entendu la voiture des policiers.
À pas de loup, pour éviter de faire craquer les feuilles qui jonchent le sol, La Pince se dirige vers sa Mercedes.
Max a la trouille. Si le bandit le repère, il risque de lui faire sa fête, peut-être même de le prendre en otage. Pourtant Max ne perd pas son sang-froid. Il faut vite prévenir le commissaire sinon l'oiseau va s'envoler. Il se glisse à l'avant du véhicule de police et

appuie comme un forcené sur le klaxon.
Les policiers comprennent aussitôt. Ils ressortent en trombe de la maison tandis que La Pince grimpe dans la Mercedes. La voiture démarre et fait une marche arrière sur le chemin.
La Pince accélère pour foncer hors du bois. Max aperçoit au passage son visage qui le toise d'un air mauvais. Mais déjà les inspecteurs ont mis en joue. Les pneus arrière de la Mercedes volent en éclats. La voiture dérape et va finir sa course dans le fossé.
La Pince a compris qu'il n'y a plus rien à espérer. Les bras en l'air, il ressort du véhicule. On lui passe les menottes et il jette sur Max un regard définitivement plein de haine.

Ensuite, ils vont tous ensemble jeter un coup d'œil dans la bicoque, et ce qu'ils y découvrent ressemble à une vraie caverne d'Ali Baba. Rien n'a encore été vendu. Les malfrats attendaient quelques mois pour tout écouler discrètement à l'étranger.
Ainsi, dès le lendemain, Le Baron De la Cèbe a pu récupérer le mobilier précieux de son château. Lui comme beaucoup d'autres châtelains que la bande à La Pince avait dévalisés.
Et tout cela grâce à Max...
Aussi personne ne l'a oublié. Il a littéralement croulé sous les cadeaux. Le commissaire lui a offert une superbe loupe de policier anglais qu'il possédait en double. Le Baron De la Cèbe, un énorme ouvrage d'héraldique avec tous les blasons

de France. De quoi dessiner un mois entier.
Quant à son oncle, qui est, comme tous les marchands des puces un peu radin, il s'est fendu d'une double ration de lait-fraise. Pas mal, non, comme récompenses !
Mais il y a mieux, et c'est sans doute cela qui lui fait le plus plaisir : Max est devenu en quelques jours le roi des puces. Une vraie célébrité à Paul Bert autant qu'à Serpette, dans les allées étroites de Biron comme dans le souk de la rue des Rosiers. Son aventure a fait le tour de tous les étalages. C'est lui la coqueluche, la mascotte de tout le petit monde de la brocante.
Et qui sait, peut-être demain, il y ouvrira sa propre boutique !

ISBN : 978–2–84117–851–3

Société d'Édition et de Diffusion
pour la Recherche et l'Action Pédagogique.

9 rue des Frères-Boudé • BP 10665 • 31106 TOULOUSE Cedex 1 • www.sedrap.fr

Loi n°49-956 du 16 juillet 1949 sur les publications destinées à la jeunesse.

Dépôt légal : 2e trimestre 2006

réf : RCMAZA

Cet ouvrage a été imprimé sur du papier issu des forêts gérées durablement.

Achevé d'imprimer en Espagne par LLOB3 - FÉVRIER 2019